LUCKY LUKE 4

SOUS LE CIEL DE L'OUEST

Texte et illustrations de MORRIS

DUPUIS

MARCINELLE-CHARLEROI / PARIS / MONTREAL / BRUXELLES / SITTARD

I. S. B. N. 2 - 8001 - 0143 - 1

Le Retour de JOE LA-GÂCHETTE

ON Y JOUE DU REVOLVER ! ÇA DOIT ÊTRE UNE BAGARRE ---
BANG
!?
BANG
BANG
PÉTARDS !.. ET MOI QUI CROYAIS AVOIR LE CHEVAL LE PLUS RAPIDE DE LA RÉGION !---
HE BIEN, SHÉRIFF QUE SE PASSE-T-IL?
RIEN DE SÉRIEUX--- LES GARS CHAHUTENT UN PEU POUR CÉLÉBRER L'ANNIVERSAIRE DU PATELIN.. REGARDE..
GRAND
$ 500
A L'OCCASION DE
L'ANNIVERSAIRE
DE NUGGET-GULCH
AURA LIEU UNE
GRANDE COURSE
DE CHEVAUX
PARTICIPATION OUVERTE A TOUS
$ 500 DE PRIX
ÇA ALORS !.. QUEL BOLIDE !
AVEC UN CANASSON COMME IL EN A UN, CE LUCKY LUKE EST SÛR DE GAGNER... --- À MOINS QUE ---
GRANDE COURSE
DE CHEVAUX
EH BIEN, SMITH, TU COMPTES JOUER TA CARTE ?
TU PARLES !...CINQ CENT BILLETS VERTS NE M'ONT JAMAIS FORT ENCOMBRÉ..
RESTA
NI MOI... SURTOUT PAS AU POINT OÙ J'EN SUIS...

ECURIES
NOUS SOMMES BIEN TOMBÉS! C'EST LA GRANDE FÊTE...
TU PARLES!
COURSE DE CHEVAUX
SOUSCRIPTION DES CONCURRENTS.
NOM DU CHEVAL?
"JOLLY JUMPER"
DESCRIPTION?
BLANC, BLOND DE POILS, TACHES BRUNES SUR L'ARRIÈRE-TRAIN...
O.K, AU SUIVANT.
NOM ET DESCRIPTION DE LA MONTURE?
"BLACK BEAUTY" ...NOIRE...
VOUS M'AVEZ OFFERT LE CAFÉ, LAISSEZ-MOI VOUS PAYER UN VERRE...
UN VERRE DE LAIT...
HEIN?
HAHA
HA HAHA
QUE BUVIEZ-VOUS ÉTANT GOSSE? DU WHISKY?
VOILÀ... BIEN TIÈDE ET BIEN SUCRÉ...
JE NE SUPPORTE PAS L'ALCOHOL...
JE VOIS...
QUE SIGNIFIE CETTE COMÉDIE? JE PARIE DES DOLLARS CONTRE DES BISCUITS
QUE CE GAILLARD N'A PAS LA CONSCIENCE TRANQUILLE.
GLOU-GLOU-GLOU
128
MORRIS

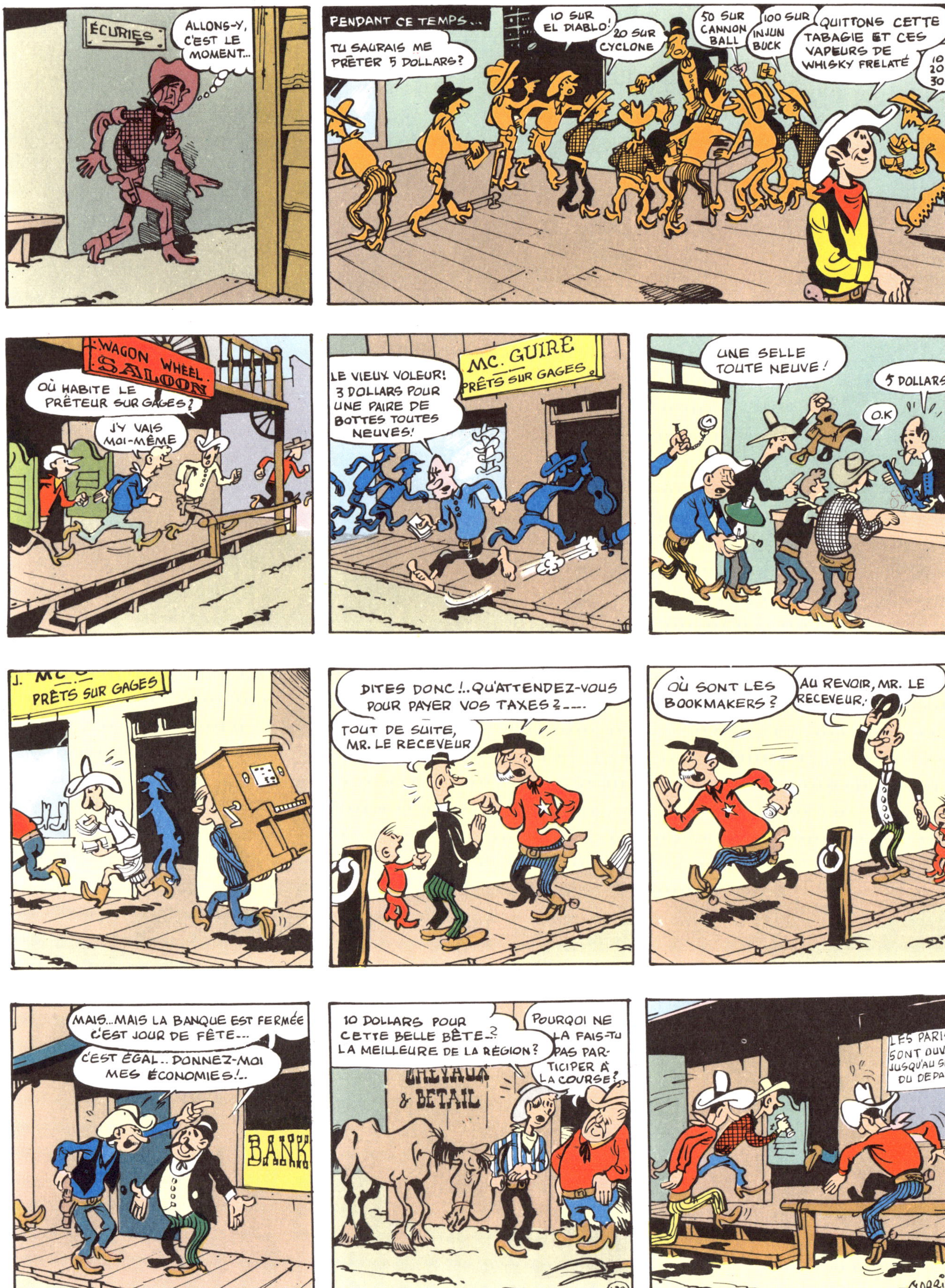
ÉCURIES
ALLONS-Y, C'EST LE MOMENT...
PENDANT CE TEMPS...
TU SAURAIS ME PRÊTER 5 DOLLARS?
10 SUR EL DIABLO!
20 SUR CYCLONE
50 SUR CANNON BALL
100 SUR INJUN BUCK
QUITTONS CETTE TABAGIE ET CES VAPEURS DE WHISKY FRELATÉ
10 20 30
WAGON WHEEL SALOON
OÙ HABITE LE PRÊTEUR SUR GAGES?
J'Y VAIS MOI-MÊME
MC. GUIRE PRÊTS SUR GAGES
LE VIEUX VOLEUR! 3 DOLLARS POUR UNE PAIRE DE BOTTES TOUTES NEUVES!
UNE SELLE TOUTE NEUVE!
5 DOLLARS
O.K
PRÊTS SUR GAGES
DITES DONC!..QU'ATTENDEZ-VOUS POUR PAYER VOS TAXES?...
TOUT DE SUITE, MR. LE RECEVEUR
OÙ SONT LES BOOKMAKERS?
AU REVOIR, MR. LE RECEVEUR.
MAIS...MAIS LA BANQUE EST FERMÉE C'EST JOUR DE FÊTE...
C'EST ÉGAL..DONNEZ-MOI MES ÉCONOMIES!..
BANK
10 DOLLARS POUR CETTE BELLE BÊTE..? LA MEILLEURE DE LA RÉGION?
POURQUOI NE LA FAIS-TU PAS PARTICIPER À LA COURSE?
CHEVAUX & BETAIL
129
LES PARIS SONT OUVE JUSQU'AU SIG DU DEPAR
MORRIS

QUE DIABLE SE PASSE-T-IL DEVANT LA MAIRIE ?
Z Z Z Z
TOWN HALL MAIRIE
...À CETTE HEURE SOLENNELLE, OÙ NUGGET-GULCH CÉLÈBRE SA 10e ANNÉE D'EXISTENCE ET DE PROSPÉRITÉ..
...JE BOIS À LA SANTE DE TOUS LES HABITANTS DE NOTRE VILLE !...
BANG
GLOU GLOU
YIP-PIII!
BRAVO!
PFFFF....
TU ES SÛR QUE CE N'EST PAS DU VITRIOL ?...
LE PROGRAMME DES FESTIVITÉS DÉBUTE PAR NOTRE GRANDE COURSE DE CHEVAUX... QUE TOUS LES CONCURRENTS S'ALIGNENT POUR LE DÉPART... JE DONNE LE SIGNAL DANS QUELQUES MINUTES !
SERRE TON CHAPEAU, ET ... EN SELLE !
ÉCURIES
HÉ ! QU'EST-CE QUE C'EST QUE CETTE INVENTION ?
À CAUSE DU CHAHUT, LE CHEVAL SE CROIT POURSUIVI ET PART À FOND DE TRAIN.
130
MORRIS

WAGON WHEEL SALOON
ET VOICI, LADIES AND GENTLEMEN, LES CONCURRENTS QUI SE DIRIGENT VERS LA LIGNE DE DÉPART...
DÉPA
VOICI "INJUN BUCK", MONTÉ PAR "TOBACCO BILL" !
ÉCURIES
"ONE-EYE RUSTY", MONTÉ PAR "ONE-EYE JIM" !
"FLEUR D'ORIENT", CONDUIT PAR "PEDRO NICE CHINK", AUTREMENT DIT : "PEDRO JOLI CHINOIS".
C'EST UNE MULE !
NUMERO 4 : "CANNON BALL", MONTÉ PAR TEXAS SLIM.
"CYCLONE", MENÉ PAR SMILEY !...
TOUT DOUX, TOUT DOUX !
VOICI "JOE LE PHILANTHROPE" SUR "BLACK BEAUTY"
BELLE BÊTE !
PENDANT CE TEMPS...
" ENFER ET DAMNATION !! ON A KIDNAPPÉ JOLLY JUMPER" !!
SI JE METS LA MAIN SUR CE VOLEUR, JE LUI BOTTERAI LE DERRIÈRE JUSQU'À CE QU'IL LUI SOIT À JAMAIS IMPOSSIBLE DE S'ASSEOIR SUR LE DOS D'UN CHEVAL !!
INUTILE DE M'ATTENDRE !.. MON CHEVAL EST INTROUVABLE !..
LES CONCURRENTS DU STEEPLE-CHASE AURONT À FAIRE 3 FOIS LE TOUR DE LA VILLE... ILS DEVRONT PASSER LA RIVIÈRE, SAUTER LE "CANYON-DES-TRÉPASSÉS" ET FRANCHIR LA COLLINE-DE-LA-BOSSE-DE-CHAMEAU... ..DES ARBITRES, PLACÉS SUR LE PARCOURS, DISQUALIFIERONT TOUT CONCURRENT PRENANT UN RACCOURCI. --IL EST DÉFENDU DE TIRER SUR UN CONCURRENT OU SUR SA MONTURE !
PRÉPAREZ-VOUS !
131
MORRIS

PANG
PARTEZ !
WAGON WHEEL
SALOON
DEPART
QUEL DÉPART !.. IL EST PARTI COMME UNE FLÈCHE !!
EN AVANT, FLEUR D'ORIENT, MONTRE-LEUR LA NOBLESSE DE TA RACE !
HI HAN
CE N'EST PAS LE MOMENT D'ALLER SALUER TON COUSIN !!

EN TÊTE: "BLACK BEAUTY", SUIVI PAR "CYCLONE", "ONE-EYE RUSTY", "INJUN BUCK"...
ÇA Y EST... DÈS QU'IL A FAIM, PLUS MOYEN DE FAIRE AVANCER CE CANASSON!
C'EST UN VIEUX TRUC...
...MAIS IL DONNE TOUJOURS...
HA! HA! HA!... IL N'IRA PAS LOIN... J'EN FAIS MON AFFAIRE...!
SHHHH
?
HÉ! SLIM!, ON T'APPELLE DERRIÈRE!..
SHH
BOUM
ET DE UN!.. HA! HA! HA!.. AU SUIVANT DE CES MESSIEURS..
JE GAGNE DU TERRAIN... À NOUS LES 500 PIASTRES!
MORRIS
133

WHAMM
...ET DE DEUX!
"SO LONG PAL".. JE TE PAIERAI UN VERRE QUAND J'AURAI TOUCHÉ LES 500 TUNES
C'EST DE TA FAUTE, MALADROIT! ..JE TE FERAI PASSER LE GOÛT DU PAIN!!...
RÉPÈTE-LE, APPRENTI-CAVALIER!..
134
MORRIS

BLACK BEAUTY" MÈNE PAR TROIS LONGUEURS!
BOBOBOP - BOBOBOP - BOBOBOP..
CONTINUE, MA JOLIE, C'EST DANS LE SAC!
CE "BLACK BEAUTY" EST FORMIDABLE!!
IL FALLAIT QUE CE SOIT LE SEUL CHEVAL SUR LEQUEL JE N'AIE RIEN PARIÉ!
OVERLAND STAGE LINES
ÇA Y EST, C'EST L'ORAGE...
ENFER ET DAMNATION!!! POURVU QUE LA PLUIE CESSE BIENTÔT!!...
LES VOILÀ!
QUELLE GUIGNE! ME FAIRE VOLER MON CHEVAL CINQ MINUTES AVANT LA COURSE!
HEIN! ÇA ALORS! CE CHEVAL EST "JOLLY JUMPER" OU MOI, JE SUIS NAPOLÉON!..
HÉ!, MI-PORTION, QUE SIGNIFIE CETTE MAUVAISE PLAISANTERIE?..
ON EN REPARLERA PLUS TARD, SERPENT À SONNETTES...EN ATTENDANT, PRENDS TOUJOURS CECI COMME EXPLICATION!..
POPS!
AU SECOURS!!! TIREZ-MOI DE LÀ!.. GLOUGLOU...JE ME NOIE!!
135
MORRIS

ARRÊTEZ, AU NOM DE LA LOI!!
ATTENDEZ-MOI À L'ARRIVÉE DE LA COURSE, SHERIF !!
C'EST LE MOMENT DE GALOPER VENTRE À TERRE...IL FAUT RATTRAPER LE RETARD...
RIEN DE TEL QUE "LA MARCHE DES POMPIERS" POUR LE FAIRE COURIR
PENDANT CE TEMPS...
OUVRE ÇA ET PASSE-MOI LES MISES DES PARIS...ET QUE ÇA GALOPE...
...PAS DE PLAISANTERIES, SINON JE T'ENVOIE DES PRUNEAUX
S..SI SEÑOR..
GOOD BYE, NUGGET-GULCH, TOUT LE PLAISIR A ÉTÉ POUR MOI!..
136
MORRIS

POURVU QUE NOUS LE DÉPASSIONS AVANT L'ARRIVÉE..
...IL GAGNE DU TERRAIN, VOYONS CE QUI ME RESTE COMME MATÉRIEL...
PAPIER ATTRAPE-MOUCHES
FLY-PAPER
...ELLE M'AIME...UN PEU... ...BEAUCOUP...TENDREMENT... ...PASSIONNÉMENT...À LA FOLIE... ...PAS DU TOUT...ELLE M'AIME...
HÉ! QU'EST-CE QUE C'EST QUE CETTE ORDURE COLLANTE? JE N'Y VOIS PLUS CLAIR!!..
VLAN
...IL EST LIQUIDÉ...À NOUS LA VICTOIRE!..
MORRIS
YIP-PÎÎÎ!
HOURRA!
?
ARRIVEE
"JOLLY JUMPER" GAGNE LA COURSE! DEUXIÈME: "INJUN BUCK"!
WHEEL
137

BANG
YIP-PÎÎÎ!
PAS SI VITE!... À QUI APPARTIENT CE CHEVAL ??..
À MOI, SHÉRIF ... JOHN SMITH ME L'AVAIT VOLÉ UN PEU AVANT LA COURSE ET SOIGNEUSEMENT CAMOUFLÉ POUR LA CIRCONSTANCE ... REGARDEZ .. C'EST DE LA COULEUR NOIRE .. HEUREUSEMENT, QUAND LA PLUIE A ENLEVÉ UNE PARTIE DU CAMOUFLAGE, J'AI VU CLAIR DANS LE JEU ...
OÙ EST CET ARTISTE PEINTRE?!
JE L'AI VU ENTRER AU BISTRO APRÈS LA BAGARRE, SHÉRIF ...
PERSONNE... MÊME PAS LE TENANCIER!
AU SECOURS! OUVREZ
ÇA ALORS! QUELLE MISE EN BOÎTE!
... IL M'A MENACÉ DE SON PÉTARD. J'AI DÛ OUVRIR LE COFFRE-FORT ET LUI REMETTRE TOUT LE FRIC... ...ENSUITE, LE COYOTE M'A ENFERMÉ LÀ-DEDANS ET S'EST DÉBINÉ PAR LA PORTE DE DERRIÈRE, JE CROIS...
FORMIDABLE! VOLER 1500 DOLLARS EN PLEIN JOUR!... À NOTRE NEZ ET À NOTRE BARBE!
LA PARTIE N'EST PAS PERDUE, SHÉRIF! REGARDEZ CES BELLES TRACES, GRÂCE À LA PLUIE! NOUS LE TENONS AU BOUT DE CETTE PISTE COMME AU BOUT D'UNE CORDE!
IL A NÉGLIGÉ UN DÉTAIL: J'AI LE MEILLEUR CHEVAL DE LA RÉGION!
MORRIS
138

IL EST PARTI VERS LE NORD, ... EN PLEIN DÉSERT...
UN INSTANT, SHÉRIF, J'AI UNE COMBINE...
TELEGRAA
...À TÉLÉGRAPHIER À "RATTLESNAKE VALLEY"... URGENT
O.K.
À RATTLESNAKEVALLEY.
TELEGRAPH
HÉ! TOM! VOICI UN MESSAGE POUR TOI... ..PARAÎT QUE C'EST URGENT.
CHI VA PIANO VA SANO...
ENTRETEMPS LE FUGITIF CHEVAUCHE SANS RÉPIT...
ENFIN, DE L'EAU! IL ÉTAIT MOINS CINQ ...
EAU EMPOISONNÉE Buvez-en une fois et vous n'aurez plus jamais soif
QUELLE FOURNAISE! SI JE NE TROUVE PAS D'EAU BIEN VITE, NOS CARCASSES BLANCHIRONT AU SOLEIL AVANT LONGTEMPS...
SAUV...
DANGER! EAU NON POTABLE! faites votre testament avant de boire...
MORRIS
EAU ALCALINE NON POTABLE! Pour vos funérailles, couronnes, etc. adressez-vous: TOM O'SULLIVAN maison fondée en 1800)
139

TU N'AS PAS L'AIR DE RATTRAPER CE GREDIN, LUKE---
PRESSÉ
CESSEZ DE BOIRE! REGARDEZ!!
EAU EMPOISONNÉE GUÉRIT TOUS LES MAUX...
NE VOUS INQUIÉTEZ PAS, SHÉRIF.. CETTE PANCARTE EST LÀ POUR LA CIRCONSTANCE... J'AI CHARGÉ QUELQU'UN PAR TÉLÉGRAMME D'EN METTRE À TOUS LES PUITS D'EAU DANS CETTE PARTIE DU DÉSERT, À L'INTENTION DE NOTRE AMI SMITH.. À L'HEURE QU'IL EST, IL DOIT AVOIR LE GOSIER BIEN SEC---
SPLENDIDE! PAR CETTE CHALEUR IL NE FERA PLUS CINQ LIEUES
PENDANT CE TEMPS---
Eau NON POTABLE! Buvez et ALLEZ voir votre arrière-grand-père
IL FAIT CHAUD, PAS VRAI, SMITH?--- MAIS TU N'AS RIEN VU---ATTENDS D'ARRIVER EN ENFER---
SOIF?---NE T'EN FAIS PAS. QUAND TU AURAS LA CORDE AU COU, TU N'Y PENSERAS PLUS.
TOC TOC
À LA TIENNE, SMITH---
GLOU GLOU
IL EST DANS LES POMMES, ET TANT MIEUX: NE RÉVEILLONS PAS LE CHAT QUI DORT.
MORRIS

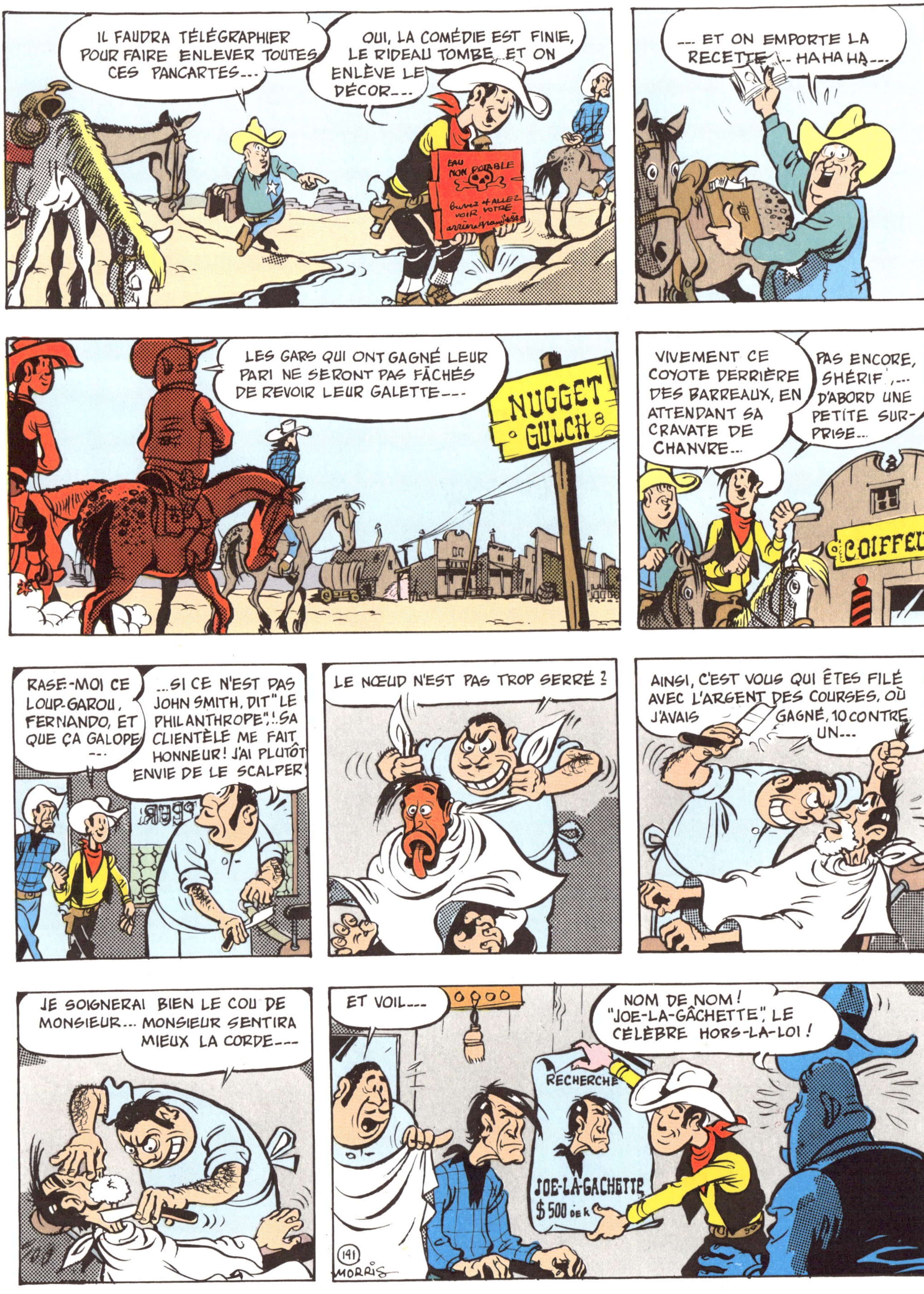

IL FAUDRA TÉLÉGRAPHIER POUR FAIRE ENLEVER TOUTES CES PANCARTES...
OUI, LA COMÉDIE EST FINIE, LE RIDEAU TOMBE ET ON ENLÈVE LE DÉCOR...
EAU NON POTABLE
... ET ON EMPORTE LA RECETTE... HAHAHA...
LES GARS QUI ONT GAGNÉ LEUR PARI NE SERONT PAS FÂCHÉS DE REVOIR LEUR GALETTE...
NUGGET GULCH
VIVEMENT CE COYOTE DERRIÈRE DES BARREAUX, EN ATTENDANT SA CRAVATE DE CHANVRE...
PAS ENCORE, SHÉRIF... D'ABORD UNE PETITE SURPRISE...
COIFFEU
RASE-MOI CE LOUP-GAROU, FERNANDO, ET QUE ÇA GALOPE...
...SI CE N'EST PAS JOHN SMITH, DIT "LE PHILANTHROPE"! SA CLIENTÈLE ME FAIT HONNEUR! J'AI PLUTÔT ENVIE DE LE SCALPER!
LE NŒUD N'EST PAS TROP SERRÉ ?
AINSI, C'EST VOUS QUI ÊTES FILÉ AVEC L'ARGENT DES COURSES, OÙ J'AVAIS GAGNÉ, 10 CONTRE UN...
JE SOIGNERAI BIEN LE COU DE MONSIEUR... MONSIEUR SENTIRA MIEUX LA CORDE...
ET VOIL...
NOM DE NOM ! "JOE-LA-GÂCHETTE", LE CÉLÈBRE HORS-LA-LOI !
RECHERCHE
JOE-LA-GACHETTE
$ 500 DE R
141
MORRIS

"THREE CHEERS" POUR LUCKY LUKE, QUI A GAGNÉ LA COURSE ET VIENT DE CAPTURER JOE-LA-GÂCHETTE ! HIP! HIP! HIP!
HOURRA!
PRIS
VOICI POUR TOI, LUKE, $500 POUR LA COURSE ET $500 POUR LA CAPTURE DE JOE-LA-GÂCHETTE; ACCEPTE-LES AVEC LA GRATITUDE DE TOUS LES HABITANTS DE NUGGET-GULCH!..
MAIS, SHÉRIF, QUE VAIS-JE FAIRE DE TOUT CET ARGENT ?
VOUS ÊTES LE PRÉSIDENT DU COMITÉ D'AIDE AUX MALHEUREUX? TENEZ, VOUS FEREZ BEAUCOUP MEILLEUR USAGE DE CET ARGENT QUE MOI-MÊME...
QUI ME RENDREZ AVOIR LES
SI, SI, C'EST VOUS SERVICE, J'AIME POCHES LÉGÈRES.
!
SOB... SOB
...ET VOICI POUR L'OEUVRE DES PETITS ABANDONNÉS QUE VOUS PRÉSIDEZ AVEC TANT DE GRÂCE ET DE GÉNÉROSITÉ, MADEMOISELLE..
QUE POURRAIS-JE BIEN FAIRE AVEC CE DERNIER BILLET?
CONFISERIE
À l'occasion de l'anniversaire, Sucreries gratuites à tous les enfants de Nugget-Gulch!
VOILÀ POUR TOI, VIEUX FRÈRE... ET TU NE L'AS PAS VOLÉ!
♪ CE N'EST QU'UN AU REVOIR, AMI... ♫
142
MORRIS
·FIN·

JOURS DE ROUND-UP

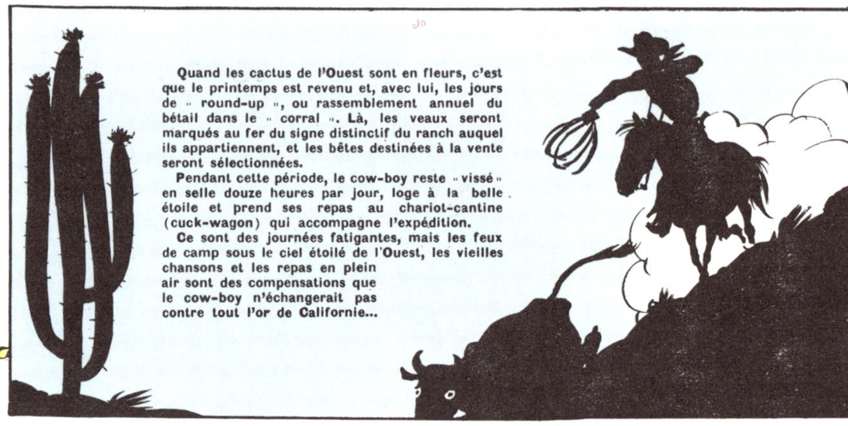

Quand les cactus de l'Ouest sont en fleurs, c'est que le printemps est revenu et, avec lui, les jours de « round-up », ou rassemblement annuel du bétail dans le « corral ». Là, les veaux seront marqués au fer du signe distinctif du ranch auquel ils appartiennent, et les bêtes destinées à la vente seront sélectionnées.

Pendant cette période, le cow-boy reste « vissé » en selle douze heures par jour, loge à la belle étoile et prend ses repas au chariot-cantine (cuck-wagon) qui accompagne l'expédition.

Ce sont des journées fatigantes, mais les feux de camp sous le ciel étoilé de l'Ouest, les vieilles chansons et les repas en plein air sont des compensations que le cow-boy n'échangerait pas contre tout l'or de Californie...

ALORS PATRON, JE SUIS ENGAGÉ ?
ÇA DÉPEND DE CE QUE TU SAIS FAIRE, ÉTRANGER...
ON PRÉPARE DES CHEVAUX POUR LE ROUND-UP... TU VOIS CE "MUSTANG" ? ESSAIE DE L'ENFOURCHER, ET ON VERRA...
C'EST DANS LE SAC, PATRON !..
IL S'APPELLE "POLKA"... ON DEVRAIT L'APPELER "PESTE-À-QUATRE-PATTES" !
ENCHANTÉ, POLKA.
A-T-ON JAMAIS VU ! VOULOIR S'ASSEOIR SUR MOI !...
HM...
CECI FERA L'AFFAIRE..
LÂCHEZ TOUT !
O.K.. ENTRETEMPS, JE COURS CHERCHER LE MÉDECIN... OU LE CROQUE-MORT
VLAN !
VLAN !
MORRIS
BEAU TRAVAIL, MON GARÇON, JE T'ENGAGE !

PRÉPAREZ TOUT, LES GARS! DÉPART DEMAIN, À L'AUBE!..
LE LENDEMAIN MATIN...
GRAND TEMPS! MOI RÉVEILLER LES GARS, GRAND JOUR DE "ROUND-UP"..
TATA TARATAA TARATATAA...
ZZZ
OUCH!!
DEBOUT, LÀ-DEDANS! PETIT DÉJEUNER PRÉPARÉ!
WHEN IT'S SPRINGTIME IN THE ROCKIES..
ALLONS-Y!
UN INSTANT... OÙ EST PASSÉ "TACHE-DE-ROUSSEUR"?
LE VOILÀ... LE PARESSEUX S'EST RENDORMI...
ZZZZ
GOOD LUCK, BOYS... RAMENEZ-MOI LES BESTIOLES!
BANG!
MORRIS

VOILÀ ENCORE UN BEAU SPÉCIMEN POUR LA COLLECTION..
QUEL COLOSSE!.. IL NE FAUT PAS LE RATER!...
HÉ! DOUCEMENT, MADAME CENTKILOS!..
QUELLE BRUTE!! JE LA TAILLERAIS VOLONTIERS EN BIFTECKS.
OUCH!
HÉ BIEN, LUKE! DRÔLE DE FAÇON DE MONTER À CHEVAL... PEUR D'USER TA SELLE? HA! HA! HA!...
ENLÈVE-MOI CES AIGUILLES DE CACTUS, ET PAS DE QUESTIONS!
MORRIS

HALTE, BOYS... NE RESSERREZ PAS LE TROUPEAU : IL FAUT DONNER AUX VEAUX L'OCCASION DE RETROUVER LEUR MÈRE, SI ON VEUT SAVOIR COMMENT LES MARQUER !..
OK., LES GARS !! AMENEZ LES VEAUX : LES FERS SONT CHAUFFÉS.... JE PRENDRAI NOTE.
UN VEAU POUR LE "BAR 3 RANCH"
NE PLEURE PAS, BÉBÉ, TU VERRAS COMME TU SERAS BEAU, AVEC TON TATOUAGE---
LES BARBARES !.. OSER TORTURER... LE PETIT...
WHAM !
ATTENTION, LUKE !! LA VOILÀ QUI REVIENT À LA CHARGE !!
MUY BIEN TOREADO, AMIGO ! FELICITACIONES
PFFFUIT
MORRIS

À LA SOUPE !
CLANG
HÉ ! "TACHE-DE-ROUSSEUR", TU MONTERAS LA GARDE PRÈS DES BÊTES JUSQU'À MINUIT... ET NE T'ENDORS PAS ! ON T'APPORTERA DU CAFÉ NOIR...
O.K., BILL
CLAIR DE LUNE... CIEL ÉTOILÉ DE L'OUEST... BRISE DU SOIR.. C'EST L'HEURE OÙ JE ME SENS DES SENTIMENTS D'ARTISTE !...
C'EST ÇA !... CRACHE D'ABORD TA CHIQUE...
FLOP..
DORS, MON ANGE..., MON ADORÉ BEL ANGE...
..FAIS DODODODO DODO MON P'TIT G...
ON DIRAIT DES HURLEMENTS DE COYOTE ! JE VAIS TE FAIRE VOIR COMMENT ON CHANTE DANS L'OUEST !...
TEXAS BILL EST 6 PIEDS SOUS TERRE... LE SHÉRIF L'ENVOYA REJOINDRE SES PÈRES TEXAS BILL EST 6 PIEDS SOUS TERRE...
TEXAS BILL EST 6 PIEDS SOUS TERRE FAUCHÉ, UN BEAU JOUR IL TRICHA AU POKER.. TEXAS BILL EST 6 PIEDS SOUS TERRE...
PANIÎÎÎQUE !
MMMEU
MORRIS

JE NE SAVAIS PAS QUE JE CHANTAIS SI MAL !..
PANIIIQUE !..
EN SELLE, BOYS ! ARRÊTEZ LES BÊTES
SI J'ARRIVE À TEMPS AU BOUT DU CANYON, JE POURRAI LEUR COUPER LA RETRAITE AVEC LE CHARIOT !..
QU'EST-CE QUE C'EST ? UNE NOUVELLE RUÉE VERS L'OR ??
OOOW
PANG
ZIM
KLANG !
GONG
KLANG
DZING
EH BIEN, LES GARS, COMMENT TROUVEZ-VOUS NOTRE ORCHESTRE ?

LE ROUND-UP EST TERMINÉ. LE TROUPEAU RASSEMBLÉ EST CONDUIT VERS LE CORRAL OU ENCLOS DU RANCH.
-3
-3
-3
...JE PARIE MA SELLE ET MES BOTTES QU'IL Y A DE LA TRICHERIE DANS LE JEU!..
QUELLE DÉCEPTION! MON "STOCK" DIMINUÉ DE 200 TÊTES DEPUIS L'ANNÉE DERNIÈRE!..
"SO LONG," BOSS! JE POUSSE JUSQU'EN VILLE AVERTIR LE SHÉRIF DE CETTE SALE HISTOIRE...
BOTTLENECK
4B...TIENS, TIENS...
4B
4B
"4B" EST INTROUVABLE... CETTE MARQUE N'A JAMAIS ÉTÉ EN-REGISTRÉE...
BRAND-BOOK
SCOTCH & BOURBON
HELLO, STRANGER... IL PARAÎT QUE LE COMPTE N'Y EST PAS POUR LE RANCH "-3" CETTE ANNÉE?..
...EN EFFET... ET VOUS AVEZ L'AIR RUDEMENT BIEN AU COURANT...
-MORRIS-

...JE N'AIME PAS TES INSINUATIONS, "PATTE-TENDRE"! SURVEILLE TON LANGAGE.
CARTOUCHE
VOYONS, VOYONS, MESSIEURS, PAS DE DISPUTE...TENEZ, PRENEZ UNE CIGARETTE...
PANG!
HA!HA!HA!...RIEN DE TEL QU'UNE BONNE BLAGUE, PAS VRAI ?
EN EFFET...ET POUR VOUS PROUVER QUE JE COMPRENDS LA PLAISANTERIE...
--- LAISSEZ-MOI VOUS OFFRIR À BOIRE
..SANS RANCUNE.
SANS RANCUNE.
GLOU GLOU
DU PÉTROLE !..
RIEN DE TEL QU'UNE BONNE BLAGUE, PAS VRAI ?
MORRIS

IL FAUT SE MÉFIER DE CET "HOMBRE"... IL A L'AIR DE CONNAÎTRE LE DESSOUS DES CARTES...
JE PARIE DU WHISKY CONTRE DE L'EAU QUE CES DEUX MOUCHES À BIÈRE EN SAVENT LONG SUR CETTE HISTOIRE DE BÉTAIL DISPARU... SUIVONS-LES, JOLLY...
VERS LE NORD ?!...IL N'Y A PAS PLUS DE RANCH DE CE CÔTÉ-LÀ QUE DANS LE CREUX DE MA MAIN...
PAR LA BARBE DE JUPITER !.. SI CE N'EST PAS UN TROUPEAU CACHÉ DANS CE CANYON, JE VOYAGE AU PAYS DES SONGES !
JE M'EN DOUTAIS : TOUTES CES BÊTES SONT VOLÉES. LA MARQUE "-3" A ÉTÉ CHANGÉE EN "4B"...
MAÎTRISER CES DEUX BRONCHOS SERA UNE AUTRE PAIRE DE MANCHES...
C'EST DÉCIDÉ, FACE-À-TABAC, DEMAIN, ON POUSSE LES BÊTES JUSQU'À GUNBARRELVALLEY, ON VEND LE TROUPEAU ET ON PARTAGE LES BILLETS VERTS MOITIÉ MOITIÉ.
OKAY, AMIGO...
MORRIS

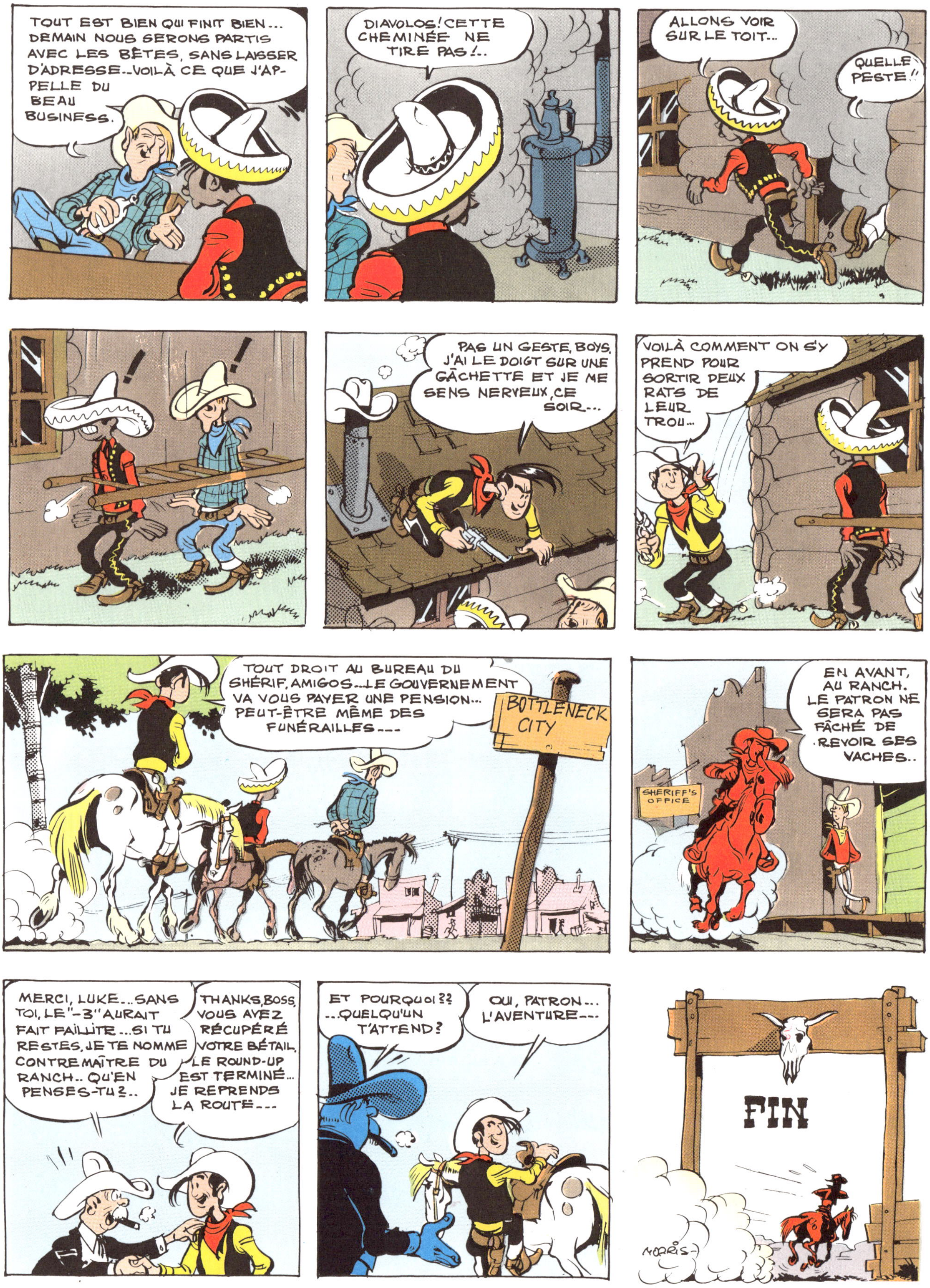
TOUT EST BIEN QUI FINIT BIEN... DEMAIN NOUS SERONS PARTIS AVEC LES BÊTES, SANS LAISSER D'ADRESSE..VOILÀ CE QUE J'APPELLE DU BEAU BUSINESS.
DIAVOLOS! CETTE CHEMINÉE NE TIRE PAS!..
ALLONS VOIR SUR LE TOIT..
QUELLE PESTE!!
PAS UN GESTE, BOYS. J'AI LE DOIGT SUR UNE GÂCHETTE ET JE ME SENS NERVEUX, CE SOIR...
VOILÀ COMMENT ON S'Y PREND POUR SORTIR DEUX RATS DE LEUR TROU...
TOUT DROIT AU BUREAU DU SHÉRIF, AMIGOS...LE GOUVERNEMENT VA VOUS PAYER UNE PENSION... PEUT-ÊTRE MÊME DES FUNÉRAILLES...
BOTTLENECK CITY
EN AVANT, AU RANCH. LE PATRON NE SERA PAS FÂCHÉ DE REVOIR SES VACHES..
SHERIFF'S OFFICE
MERCI, LUKE...SANS TOI, LE "-3" AURAIT FAIT FAILLITE...SI TU RESTES, JE TE NOMME CONTREMAÎTRE DU RANCH.. QU'EN PENSES-TU?..
THANKS, BOSS. VOUS AVEZ RÉCUPÉRÉ VOTRE BÉTAIL. LE ROUND-UP EST TERMINÉ... JE REPRENDS LA ROUTE...
ET POURQUOI?? ...QUELQU'UN T'ATTEND?
OUI, PATRON... L'AVENTURE...
FIN
MORRIS

LE GRAND COMBAT
...TRA-LA-LIII...
...TRA-LA-LAAA...
ENCORE UNE PUBLICITÉ, SANS DOUTE.. DOMMAGE QUE JE NE SAIS PAS LIRE... C'EST PEUT-ÊTRE INTÉRESSANT...
PRENEZ GARDE AU TAUREAU
UN TROUBLE-FÊTE !.. JE VAIS LUI EXPLIQUER MA FAÇON DE PENSER..
J'AI HORREUR QU'ON ME DÉRANGE QUAND JE CUEILLE DES MARGUERITES...
WAM!
1...2...3...4...5...6...7...8...9...
OUT!
EN SELLE, CHAMPION... NOUS PARTONS POUR "CLOVER-VALLEY"... J'AI UN PROJET FORMIDABLE POUR TOI !..
SANS BLAGUES!
UNE MINUTE... BUCÉPHALE EST DERRIÈRE LA COLLINE...
J'IRAI À PIED... BUCÉPHALE EST UN PEU FATIGUÉ...
154
MORRIS

ARRIVÉS EN VILLE...
EUH... JE M'APPELLE PERCIVAL BELDEN... ET TOI ?...
ON M'APPELLE LUCKY LUKE...
PERCIVAL... À PARTIR DE MAINTENANT, TU ES "BATTLING BELDEN, THE BUTCHER..." !
VOILÀ DE QUOI IL S'AGIT...
BOXE
$10.000. DE PRIX À QUICONQUE COMBATTRA VICTORIEUSEMENT
KILLER KELLY
EUH... QU'EST-CE QUE C'EST? JE NE SAIS PAS LIRE.
10000 DOLLARS POUR TOI, OLD BOY, SI TU L'EMPORTES CONTRE LE CHAMPION KILLER KELLY!
SPLENDIDE!.. AVEC CET ARGENT, JE VAIS POUVOIR ME MARIER ... ALLONS-Y TOUT DE SUITE...
PAS SI VITE, CHAMPION, IL FAUT D'ABORD QUE TU T'ENTRAÎNES... ALLONS VOIR CE KILLER KELLY POUR FIXER LA DATE DU COMBAT!
O.K... LUKE, TU SERAS MON MANAGER!
UNE MINUTE... IL FAUT SUPPRIMER CETTE PANCARTE AVANT QUE QUELQU'UN N'ESSAIE DE NOUS DEVANCER...
ET VOILÀ...
BOY... OH! BOY!.. 10.000 DOLLARS...
NOUS Y VOILÀ...
KILLER KELLY CAMP D'ENTRAÎNEMENT
MORRIS

BAMM
BOUM
OUCH !!
KELLY
!
!
KELLY
TRAÎNEMENT
!
!
ON DEMANDE DES SPARRING PARTNERS
CLAC
QUELLE BRUTE...
DING !
VOUS DÉSIREZ ?
C'EST AU SUJET DE CETTE OFFRE DE $10.000...
JE SUIS SON MANAGER... ENTREZ...
AAAAH!
ENCHANTÉ, VIEUX FRÈRE.
CRAC
CRUNCH
CRAC
C'... C'EST VOUS LE CANDIDAT POUR LE MATCH ?...
EN EFFET... COMMENT L'AVEZ-VOUS DEVINÉ ?..
SALLE D'ENTRAÎNEMENT
PRIVÉ
BOUM
PLOF!
ATTENDEZ ICI...KELLY N'AIME PAS LES SPECTATEURS PENDANT SES HEURES D'ENTRAÎNEMENT...
..VOUS COMPRENEZ... QUELQU'UN POURRAIT L'ACCUSER DE MEURTRE...

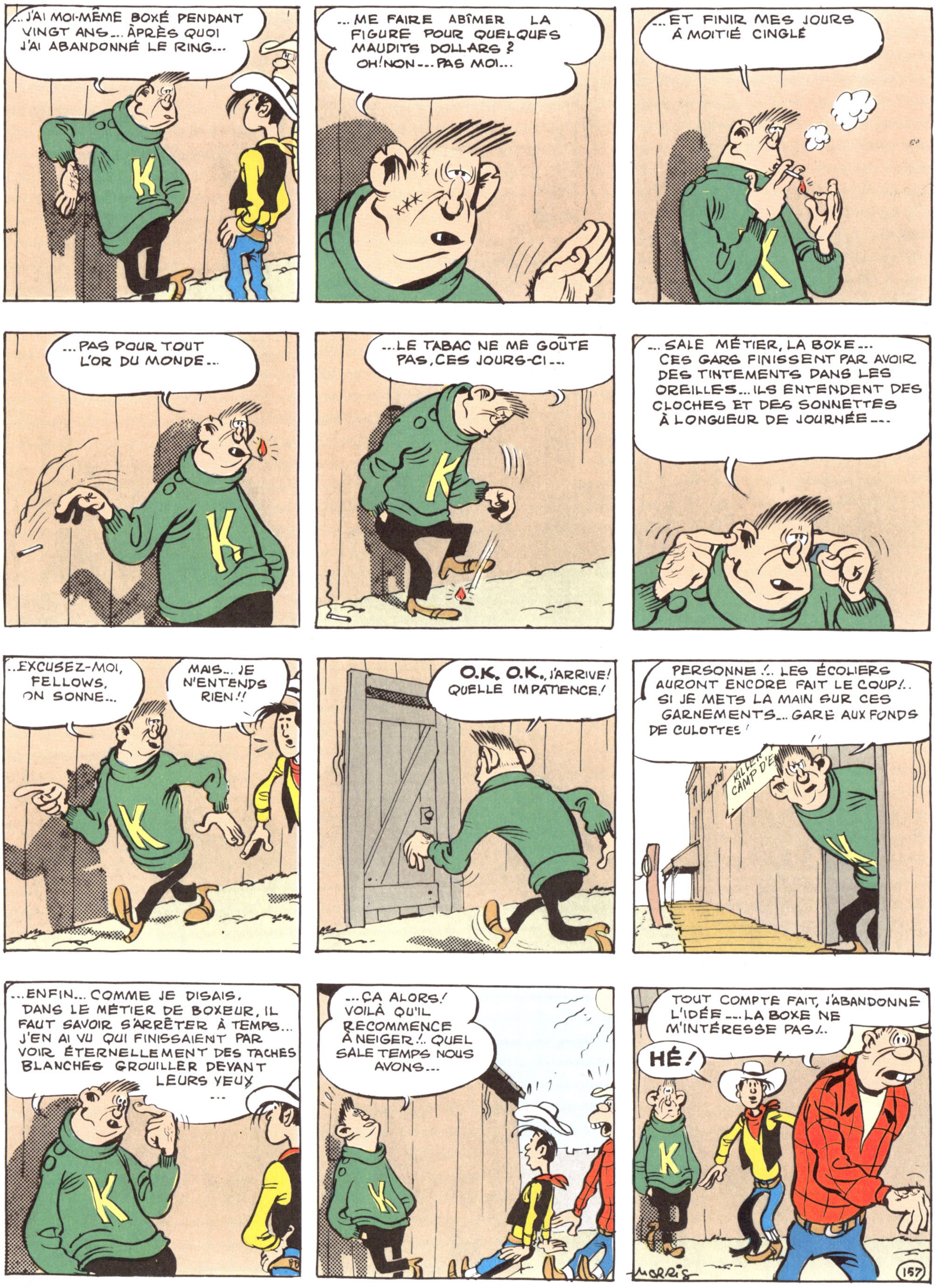
...J'AI MOI-MÊME BOXÉ PENDANT VINGT ANS... APRÈS QUOI J'AI ABANDONNÉ LE RING...
...ME FAIRE ABÎMER LA FIGURE POUR QUELQUES MAUDITS DOLLARS ? OH! NON... PAS MOI...
...ET FINIR MES JOURS À MOITIÉ CINGLÉ
...PAS POUR TOUT L'OR DU MONDE...
...LE TABAC NE ME GOÛTE PAS, CES JOURS-CI...
...SALE MÉTIER, LA BOXE... CES GARS FINISSENT PAR AVOIR DES TINTEMENTS DANS LES OREILLES... ILS ENTENDENT DES CLOCHES ET DES SONNETTES À LONGUEUR DE JOURNÉE...
...EXCUSEZ-MOI, FELLOWS, ON SONNE...
MAIS... JE N'ENTENDS RIEN !!
O.K. O.K., J'ARRIVE! QUELLE IMPATIENCE!
PERSONNE !.. LES ÉCOLIERS AURONT ENCORE FAIT LE COUP!.. SI JE METS LA MAIN SUR CES GARNEMENTS... GARE AUX FONDS DE CULOTTES !
KILLER CAMP D'E
...ENFIN... COMME JE DISAIS, DANS LE MÉTIER DE BOXEUR, IL FAUT SAVOIR S'ARRÊTER À TEMPS... J'EN AI VU QUI FINISSAIENT PAR VOIR ÉTERNELLEMENT DES TACHES BLANCHES GROUILLER DEVANT LEURS YEUX ...
...ÇA ALORS! VOILÀ QU'IL RECOMMENCE À NEIGER!.. QUEL SALE TEMPS NOUS AVONS...
TOUT COMPTE FAIT, J'ABANDONNE L'IDÉE... LA BOXE NE M'INTÉRESSE PAS!..
HÉ!
MORRIS
157

BOUM
BANG
DING
!
!
KELLY A FINI SON HEURE D'ENTRAÎNEMENT VOUS POUVEZ ENTRER...
O.K.
HÉ, SAM, RESSOUDE-MOI CECI ET N'OUBLIE PAS DE NETTOYER LE TAPIS...
COMPRIS, PATRON!
...TROIS MOLAIRES... UN ŒIL DE VERRE... QUATRE INCISIVES... ET...
CHOUETTE... ENCORE UNE DENT EN OR...
KELLY, VOICI TON PROCHAIN ADVERSAIRE BATTLING BELDEN ET SON MANAGER LUCKY LUKE...
ENCHANTÉ, MI-PORTIONS...
VOUS VOYEZ CE FER A CHEVAL ?
UN...
DEUX.
ET VOILÀ... GARDEZ-LE COMME PORTE-BONHEUR... HAHAHA...
MORRIS
EH BIEN ?.. TOUJOURS D'ACCORD POUR LE MATCH, OU AVEZ-VOUS CHANGÉ D'IDÉE ? HAHAHA
TOUJOURS D'ACCORD... VOILÀ JE VOUS RENDS VOTRE FER A CHEVAL... JE NE SUIS PAS SUPERSTITIEUX...
!
158

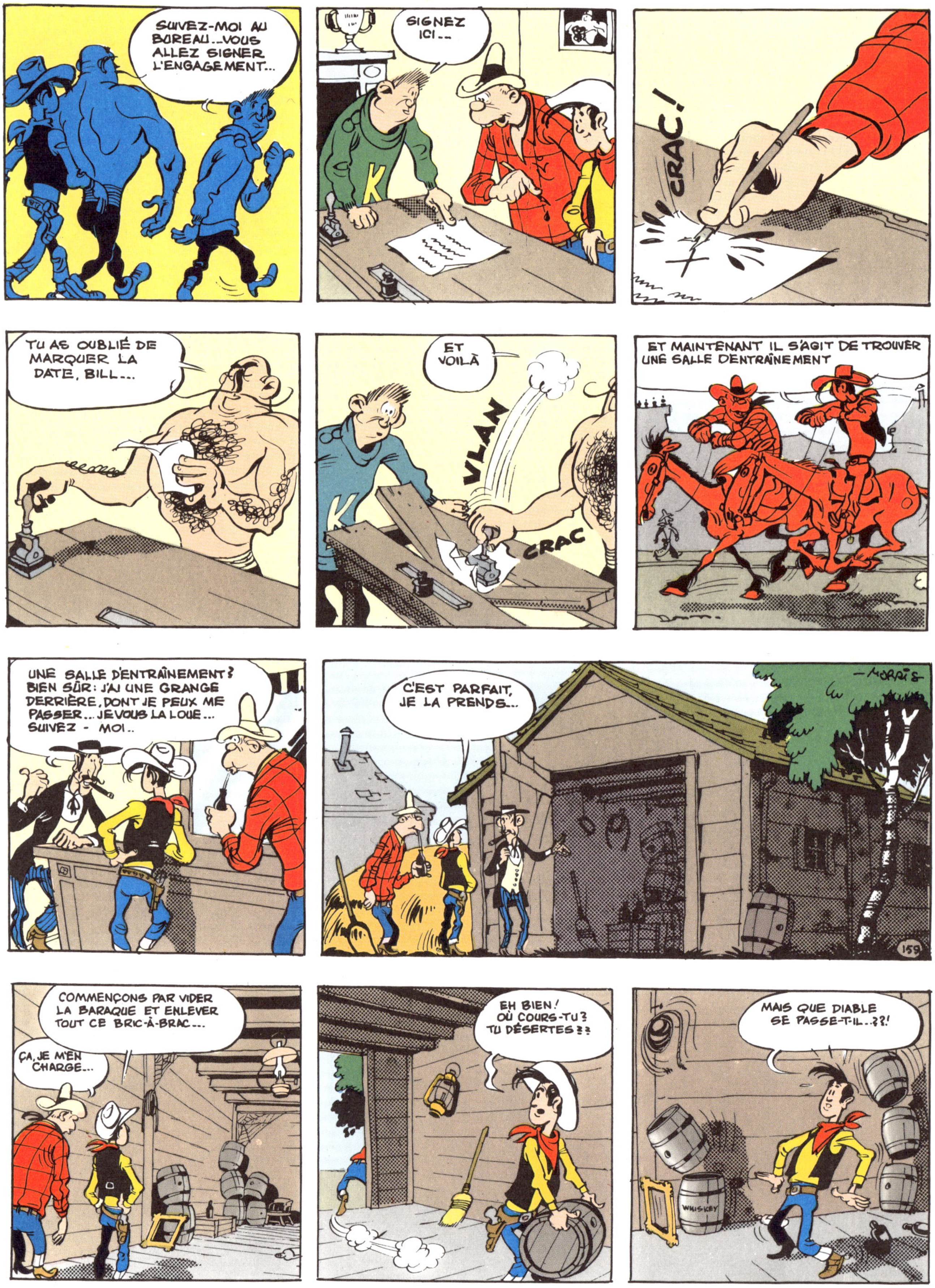
SUIVEZ-MOI AU BUREAU...VOUS ALLEZ SIGNER L'ENGAGEMENT...
SIGNEZ ICI...
CRAC!
TU AS OUBLIÉ DE MARQUER LA DATE, BILL...
ET VOILÀ
VLAN
CRAC
ET MAINTENANT IL S'AGIT DE TROUVER UNE SALLE D'ENTRAÎNEMENT
UNE SALLE D'ENTRAÎNEMENT? BIEN SÛR: J'AI UNE GRANGE DERRIÈRE, DONT JE PEUX ME PASSER... JE VOUS LA LOUE... SUIVEZ - MOI..
C'EST PARFAIT, JE LA PRENDS...
COMMENÇONS PAR VIDER LA BARAQUE ET ENLEVER TOUT CE BRIC-À-BRAC...
ÇA, JE M'EN CHARGE...
EH BIEN! OÙ COURS-TU? TU DÉSERTES ??
MAIS QUE DIABLE SE PASSE-T-IL..??!

HÉ! LUKE. ÇA Y EST?
!
SHE'LL BE WAITING THERE FOR ME IN THE HILLS OF TENESSEE..
..DE POUSSIÈRE TU ES FAIT ET EN POUSSIÈRE TU RETOURNERAS.
..HAA!..HAAA!...
TCHOUM!
...LA PROCHAINE FOIS, ESSAIE D'ÉTERNUER PAR LA FENÊTRE!...
MORRIS
160
VOYONS VOIR SI NOTRE COLOSSE S'ENTRAÎNE COMME IL FAUT...
BELDEN! A-T-ON IDÉE DE S'ENTRAÎNER DEHORS QUAND IL PLEUT! C'EST VRAIMENT LE MOMENT CHOISI POUR S'EN-RHUMER
J'AI ESSAYÉ À L'INTÉRIEUR..MAIS LE PLANCHER N'ÉTAIT PAS D'ACCORD...

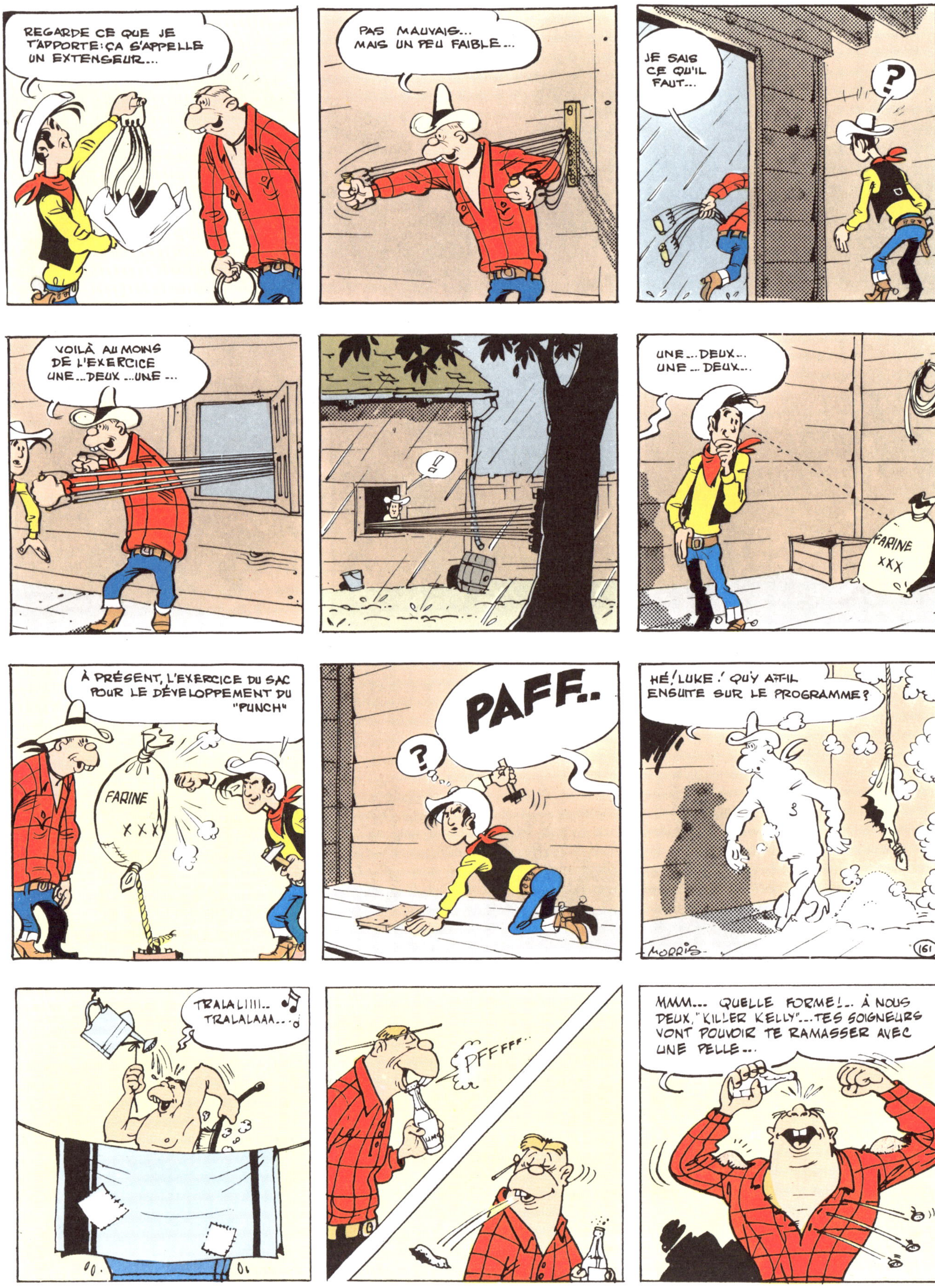

REGARDE CE QUE JE T'APPORTE: ÇA S'APPELLE UN EXTENSEUR...
PAS MAUVAIS... MAIS UN PEU FAIBLE...
JE SAIS CE QU'IL FAUT...
?
VOILÀ AU MOINS DE L'EXERCICE UNE... DEUX... UNE...
!
UNE... DEUX... UNE... DEUX...
FARINE XXX
À PRÉSENT, L'EXERCICE DU SAC POUR LE DÉVELOPPEMENT DU "PUNCH"
FARINE XXX
PAFF..
?
HÉ! LUKE! QU'Y A-T-IL ENSUITE SUR LE PROGRAMME?
MORRIS
161
TRALALIIII.. TRALALAAA...
PFFFFF..
MMM... QUELLE FORME!.. À NOUS DEUX, "KILLER KELLY"... TES SOIGNEURS VONT POUVOIR TE RAMASSER AVEC UNE PELLE...

BONNE JOURNÉE ---QUELQUES JOURS DE CE TRAITEMENT, ET TU SERAS MÛR POUR LE COMBAT...
TU CROIS?
VOILÀ LE PUGILISTE, BOYS! REGARDEZ-LE BIEN, PENDANT QU'IL EST ENCORE VIVANT.
HAHAHA!..
KILLER KELLY (CHALLENGER) VS BATTLING BELDE "THE BUTCHER" 15 X 3
TU SORTIRAS DE CE RING EN PIÈCES DÉTACHEÉS, COWBOY!---LE CROQUE-MORT POURRA RAMASSER LES MORCEAUX---JE JOUERAI LA MARCHE FUNÈBRE...HAHAHA!...
HÉ! STOP!! LÂCHEZ-MOI...PITIÉ... J'AI FEMME ET ENFANTS!.. (SON CAVERNEUX)
CLOPS
PLOF
QUEL BRONCO!
TU AS VU? QUEL UPPERCUT!!
CE N'EST PAS UN POING, C'EST UN MARTEAU-PILON!!
NELSON ASSURANCES.
LES PARIS POUR LE M KELLY-BE SONT OUVERTS
$75 SUR BATTLING BELDEN!
$50 SUR BELDEN
SUR BELDEN $100!
MORRIS

ÇA ALORS ! QUI AURAIT CRU ÇA ?! TOUT LE MONDE PARIE POUR CE BATTLING BELDEN !!...
C'EST LE MOMENT DE FAIRE DU BUSINESS...
FERMÉ
LES PARIS POUR LE KELLY-B SONT OUVERT
JE SUIS SLATS SLIPPERY NELSON, BOOKMAKER... JE PRENDS LES PARIS POUR LE COMBAT DE BOXE... PUIS-JE VOUS PARLER ?
ÉCOUTEZ... TOUTE LA VILLE PARIE SUR VOUS... VOICI LA COMBINE : VOUS PERDEZ LE MATCH ET VOUS PARIEZ SUR VOTRE ADVERSAIRE À COUP SÛR. J'ACCEPTE VOTRE MISE À 20 CONTRE 1 CE SERA LA GROSSE GALETTE POUR VOUS ET POUR MOI !
JE M'ATTENDAIS À DU TRIPOTAGE DÈS QUE J'AI VU TA BOBINE... ENLÈVE CES LUNETTES, ET JE VAIS TE DONNER MA RÉPONSE...
LAISSE-LE-MOI... CECI EST L'AFFAIRE DE TON MANAGER...
SI TU ES ARMÉ, DÉPOSE TA QUINCAILLERIE !
VOUS VOYEZ BIEN, JE NE PORTE PAS D'ARMES...
BAM
BANG
CLOP
LA PARTIE N'EST PAS FINIE... J'AI D'AUTRES ARGUMENTS...
— BOXE —
SAMEDI
KILLER KELLY
VS
BATTLING BELDEN
(THE BUTCHER)
15 X 3
WANTED
$500
DINGGG
MORRIS

S'ILS S'IMAGINENT QUE JE DÉSARME, ILS SE TROMPENT... SLATS SLIPPERY NELSON NE S'AVOUE PAS VAINCU !..
KILLER KELLY CAMP D'ENTRAÎNEMEN
IL FAUT QUE TU GAGNES COÛTE QUE COÛTE, KELLY, VOICI MON PLAN.... BZZ.. BZZZ...
Rooms $1 up
BARBER SHOP
DEMAIN GRAND MATCH DE BOXE
KILLER KELLY VS BATTLING BELDEN
FINE OLD BOURBON WHISKIES
BEER ON TAP
BAR
ACE OF SPADES SALOON
STAGE DEPOT
POUR QUI PARIES-TU ?
POUR BELDEN. ..PARAÎT QU'IL EST TERRIBLE ..UNE MASSUE HUMAINE...
LES FOULES AFFLUENT DANS LA VILLE, EN VUE DU MATCH
LES HÔTELS ÉTANT COMPLETS....
MORRIS
LES UNS DÉCIDENT DE PASSER LA NUIT SANS SE "DÉBOTTER"..
D'AUTRES SE DÉBROUILLENT À LEUR FAÇON..
ZZZZ

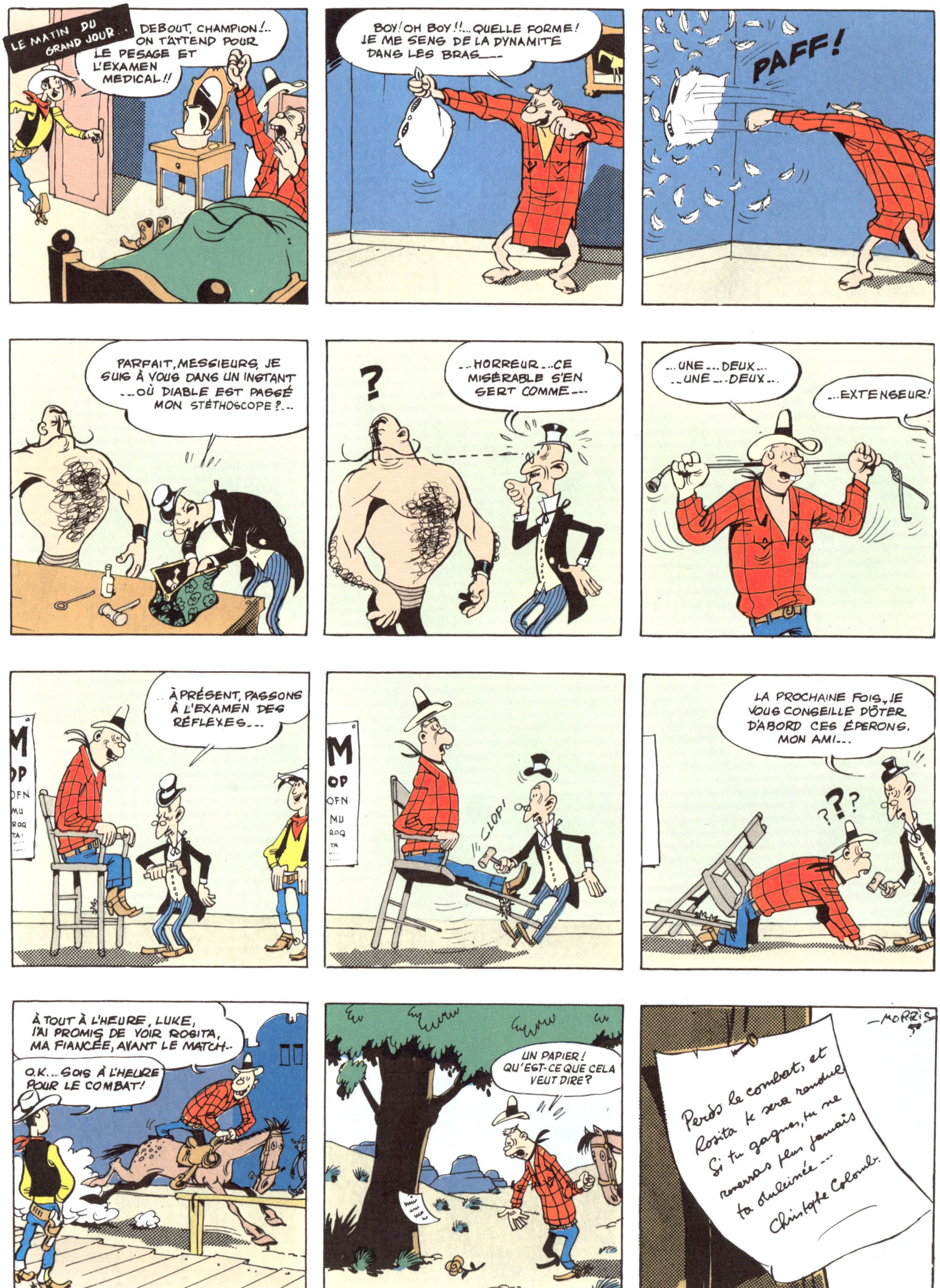
LE MATIN DU GRAND JOUR...
DEBOUT, CHAMPION !.. ON T'ATTEND POUR LE PESAGE ET L'EXAMEN MEDICAL !!
BOY ! OH BOY !!.. QUELLE FORME ! JE ME SENS DE LA DYNAMITE DANS LES BRAS...
PAFF !
PARFAIT, MESSIEURS, JE SUIS À VOUS DANS UN INSTANT ...OÙ DIABLE EST PASSÉ MON STÉTHOSCOPE ?...
?
...HORREUR...CE MISÉRABLE S'EN SERT COMME...
...UNE...DEUX... ..UNE...DEUX...
...EXTENSEUR !
...À PRÉSENT, PASSONS À L'EXAMEN DES RÉFLEXES...
CLOP !
LA PROCHAINE FOIS, JE VOUS CONSEILLE D'ÔTER D'ABORD CES ÉPERONS, MON AMI...
? ? ?
À TOUT À L'HEURE, LUKE, J'AI PROMIS DE VOIR ROSITA, MA FIANCÉE, AVANT LE MATCH..
O.K... SOIS À L'HEURE POUR LE COMBAT !
UN PAPIER ! QU'EST-CE QUE CELA VEUT DIRE ?
Perds le combat, et Rosita te sera rendue
Si tu gagnes, tu ne reverras plus jamais ta dulcinée ...
Christophe Colomb.
MORRIS

PENDANT CE TEMPS, LA FOULE SE RASSEMBLE AU TERRAIN DE RODÉO OÙ LE MATCH VA AVOIR LIEU...
AUJOURD'HUI GRAND COMBAT BOXE BATTLING BELDEN VS KILLE
ALL RIGHT, JIM, LAISSE ENTRER LE TROUPEAU DANS LE CORRAL AVANT QU'ILS N'ENFONCENT LA PORTE...
OK, BOSS.
PANG
#1
PANG_PANG-PANG
LES RESQUILLEURS SERONT EXPULSÉS.
PARBLEU! ÇA ME DONNE UNE IDÉE!!
PANG
ENFIN, TE VOILÀ! QUELLE TÊTE TU FAIS!!
ROSITA A DISPARU, ET VOILÀ CE QUE J'AI TROUVÉ. QU'EST-CE QUE C'EST?
VESTIAI
JIM, OCCUPE-TOI DE LUI. ON A ENLEVÉ ROSITA ET ON NE LA RENDRA QUE S'IL PERD LE MATCH.
JE PARIE DES DOLLARS CONTRE DES BOUTONS DE CULOTTE QUE "SLATS SLIPPERY NELSON" EST DANS LE COUP!!!
MORRIS

PAUVRE ROSITA !.. POURVU QU'IL NE LUI ARRIVE RIEN...
MA PAROLE, CE SONT DES PÉTALES DE ROSE... ELLE A EFFEUILLÉ LES FLEURS QU'ELLE PORTAIT DANS LES CHEVEUX, AFIN DE LAISSER UNE PISTE !...
AU GALOP, JOLLY JUMPER ! IL FAUT DÉLIVRER CETTE SEÑORITA...
ENTRETEMPS, L'HEURE DU COMBAT A SONNÉ...
... À MA GAUCHE : KILLER KELLY, 85 KILOS CHAMPION DE L'ÉTAT D'ARIZONA, INVAINCU À MA DROITE : BATTLING BELDEN, DIT "LE BOUCHER" 83 KILOS !...
...JE VEUX DE LA BELLE BOXE : RESPECTEZ LA CEINTURE, DÉGAGEZ-VOUS PROMPTEMENT AU SIGNAL... ET PAS DE "RABBIT PUNCH"... SHAKE HANDS, ET QUE LE MEILLEUR DES DEUX L'EMPORTE...
BANG
VAS-Y, BELDEN
YIPPÎÎÎÎ
BANG
BA
PANG
CLANG
MORRIS

1er ROUND
Perds le combat et Rosita te sera rendue. Si tu gagnes, tu ne reverras plus jamais ta dulcinée...
Christophe Colomb
?!??
PENDANT CE TEMPS
QUE PERSONNE NE BOUGE ...
MORRIS
... OU JE L'ENVOIE "AD PATRES" !..

O.K., TU GAGNES, LUCKY LUKE, ROSITA EST À TOI...
!
OUCH
À TA PLACE, JE N'ESSAIERAIS PAS... TÊTE-DE-MORT!
EN SELLE, ROSITA, ON VOUS ATTEND EN VILLE.
MUCHISIMAS GRACIAS, AMIGO!
QUANT À TOI, RESTE BIEN OÙ TU ES... UN ACCIDENT EST SI VITE ARRIVÉ...
...MES BRAS... JE N'EN PUIS PLUS!...
!
MILLE MILLIARDS! COMMENT VAIS-JE EXPLIQUER CELLE-LÀ À "SLIPPERY NELSON"?...
C'EST NELSON QUI EN FERA UNE DE TÊTE EN VOUS VOYANT ARRIVER...
MORRIS
MON STRATAGÈME PRODUIT SON EFFET... BATTLING BELDEN SE LAISSE FAIRE!!... IL NE TIENDRA PLUS UN ROUND!!

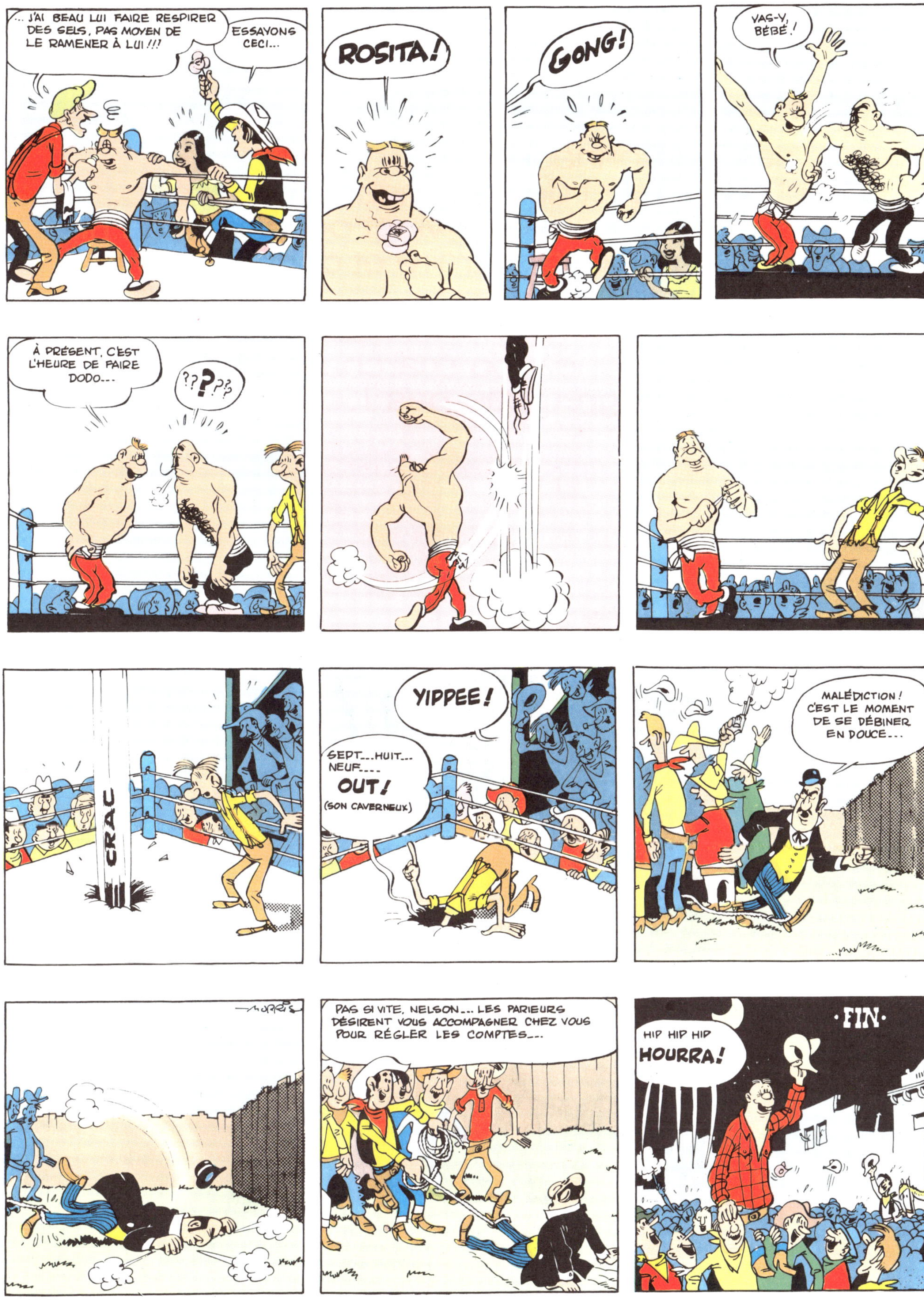

... J'AI BEAU LUI FAIRE RESPIRER DES SELS, PAS MOYEN DE LE RAMENER À LUI !!!
ESSAYONS CECI...
ROSITA !
GONG !
VAS-Y, BÉBÉ !
À PRÉSENT, C'EST L'HEURE DE FAIRE DODO...
???? ?
CRAC
YIPPEE !
SEPT... HUIT... NEUF.... OUT !
(SON CAVERNEUX)
MALÉDICTION ! C'EST LE MOMENT DE SE DÉBINER EN DOUCE...
MORRIS
PAS SI VITE, NELSON... LES PARIEURS DÉSIRENT VOUS ACCOMPAGNER CHEZ VOUS POUR RÉGLER LES COMPTES...
HIP HIP HIP HOURRA !
· FIN ·

ces personnages
ne sont qu'un reflet de mon hebdomadaire !
tu y trouveras vingt occasions de rire
ou de trembler, de te distraire et documenter
à chaque numéro.
réserve chaque semaine ton **spirou**
chez ton marchand de journaux,
tu ne le regretteras pas !
spirou